ARTHUS

OU

LE ROI-CHASSEUR

LÉGENDE BRETONNE DU VIIe SIÈCLE

SUIVIE DU

GÉNIE DE LA POLOGNE & DES FANTOMES DE VENISE

PAR

Dominique FONTAN

EN VENTE
CHEZ LES PRINCIPAUX LIBRAIRES
DU GERS ET DES HAUTES-PYRÉNÉES.

ARTHUS

OU

LE ROI-CHASSEUR

LÉGENDE DU VIIe SIÈCLE

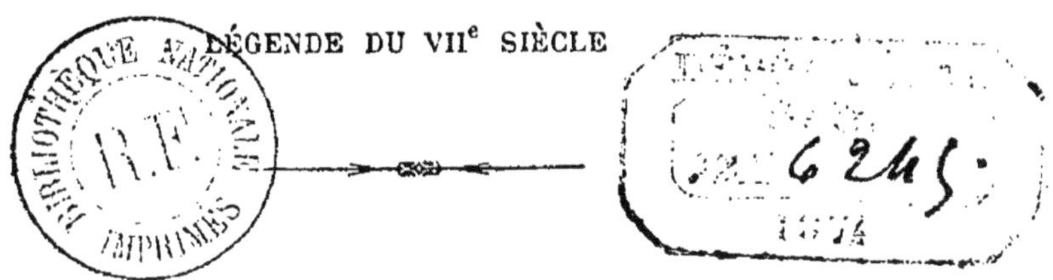

PREMIÈRE PARTIE

Un personnage mystérieux raconte à de jeunes Bretons qui fouillaient les bois d'un domaine abandonné, comment l'enchanteur Merlin réunit pour une fête de nuit, dans un château féerique, Arthus et sa cour, le Juif-Errant et Hérodiade, condamnés les premiers à chasser, Laquedem à marcher, et la reine à danser jusqu'à la fin des temps. Au seuil du palais ils doivent perdre la mémoire du châtiment.

Arthus et les siens s'installent d'abord; ils se croient au lendemain d'un tournoi, et n'ont pas trop de peine à se rendre compte de leur état présent, en l'attribuant à un enchantement de Merlin. Le roi breton fait aux chevaliers et aux dames qui l'entourent le récit détaillé de ce qu'il appelle sa chasse imaginaire : et tous de s'écrier : C'est notre rêve aussi; nous avons visité les mêmes régions et poursuivi le même gibier!

Du haut des sévères collines
Où du château de Kerouanc
Dormaient les grisâtres ruines,
Un personnage au manteau blanc

Voyait dans le val, sous un hêtre,
Des disciples de saint Hubert
Disposer le repas champêtre,
Tout joyeux, sur le gazon vert.

Or, on racontait dans la plaine
Que, sur l'antique et noir donjon,
Un fantôme, une forme humaine,
Grande taille, blanc capuchon,
Parfois, quand menaçait l'orage,
Au bruit de la foudre et des vents,
Semblait gouverner le nuage
Et commander aux éléments.

On passait loin de ces murailles ;
Nul du taciturne manoir
N'eût osé fouiller les entrailles.
Le pâtre se signait, le soir,
Quand la tour où rampait le lierre,
Changée en phare rayonnant,
Projetait sa vive lumière
Jusqu'aux falaises de Cronan.
Et nul n'avait vu son visage ;
Aux abords sinueux du mont,
Nul n'allait l'attendre au passage.
Il était craint... homme ou démon.

Le soleil dans la mer profonde
Avait plongé son disque éteint,
Et des Bretons la vieille ronde
Tournait avec son gai refrain,

Quand dans un cadre de verdure,
Aux jaunes reflets du couchant,
Se montra la pâle figure
De l'ermite de Kerouanc.

A son aspect, la danse cesse,
Les voilà frappés de stupeur!
— Qu'est-ce donc, vaillante jeunesse?
Quoi! vous connaîtriez la peur,
Vous, nobles fils de l'Armorique,
Espoir d'un avenir prochain,
Vous dont la carrière héroïque
Peut-être s'ouvrira demain?

» Le saule dont la chevelure,
Au souffle attiédi de l'autan,
Ondoie avec un doux murmure
A la surface de l'étang,
Dans ces retraites éloignées,
Dans ce vallon silencieux,
Souvent de la danse des fées
A vu les pas capricieux.

» Si dans les prés quelque voix chante
Quand des fleurs revient la saison,
De sa demeure transparente,
Pour mieux écouter la chanson,
L'ondine sort; et la sylphide
Sur l'aile humide du zéphir
Se balance, et son œil limpide
S'anime d'un nouveau plaisir.

» C'est qu'une volonté féconde
De mystérieux habitants
A peuplé l'air, la terre et l'onde ;
Et, nuisibles ou bienfaisants,
Disséminés dans la nature,
Ces hôtes des créneaux, des bois,
Du lac clair, de la grotte obscure,
Obéissent aux mêmes lois. »

On n'a plus peur. Chacun s'empresse,
Confiant, autour du vieillard,
Dont la voix rassure et caresse.
— Enfants, différez le départ,
Dit-il, et sur l'herbe émaillée
Remettez-vous de cet émoi;
Prolongeons un peu la veillée,
Asseyez-vous autour de moi.
Je veux vous conter une histoire
Du bon vieux temps.

L'honneur des preux,
Un chevalier, dont la mémoire
Ira chez nos derniers neveux,
Venait alors de Samarcande.
D'Amadis je ne dirai pas
Combien l'immortelle légende
Comptait de joûtes, de combats.

Ce guerrier de haute stature
Gravissait un étroit sentier.
Noire était sa pesante armure,
Et noir aussi son destrier ;
Car il avait perdu sa dame
Que depuis longtemps il pleurait,
Et rien ne pouvait de son âme
Calmer le douloureux regret.

— O ma souveraine adorée!
O mon Iscult que tant j'aimais!
Sous quel ciel, dans quelle contrée
Vous chercherai-je désormais?
J'ai parcouru tous les rivages,
Du froid j'ai bravé les rigueurs,
J'ai, sur les sablonneuses plages,
Du désert vaincu les ardeurs,
Sans que ma trop juste vengeance
Ait atteint l'insigne brigand.
C'est en vain que ma bonne lance
A soif de son ignoble sang! »

Et, dans son amoureuse peine,
Il suspend casque et bouclier
Aux rameaux noueux d'un vieux chêne,
Et laisse errer son beau coursier.

Mais, lorsqu'il accusait l'infâme
Qui causait ses chagrins amers,
Deux dragons aux ailes de flamme
Suspendaient leur vol dans les airs

Et le char, comme un météore
Parti des régions du Nord,
Sur le sommet rocheux d'Avore
Arrêtait enfin son essor.

C'était Merlin... Ce lieu sauvage
Se pare des plus frais gazons.
Le hallier fait place au bocage;
On entend d'harmonieux sons
Qui de la montagne éveillée
Animent les échos surpris,
Et font tressaillir la vallée
Dans ses plus intimes replis.

Le sage à la taille imposante,
Montrant au jour ses bras velus,
Longue barbe, blanche et flottante,
Robe tombant sur ses pieds nus,
De sa baguette constellée
Décrit un cercle autour du preux
Qui, le saluant de l'épée,
Lui rend cet hommage pieux :

— Père de la chevalerie,
Vous que la veuve et l'orphelin
Implorent quand la tyrannie
Dépouille, brutale et sans frein,
Le pauvre de son héritage;
Arbitre du monde Lutin,
Vous dont le pouvoir, d'âge en âge,
Commande comme le Destin,

Oh! dites-moi si la Bretagne
A vu quelque part le maudit
Qui ravit ma douce compagne
Dans les embûches d'une nuit?

— Dans l'enceinte trois fois murée
Où l'enferme le mécréant,
Dit Merlin, Iseult éplorée
Espère encore, et vous attend.
Hier, comme une tour vivante,
Olifron des hauteurs d'Alzin
S'avançait semant l'épouvante.
Tout avait fui du bourg voisin.
Il brandissait une massue.
Son mugissement de taureau
Roulait dans la falaise nue
Jusqu'aux criques de Francorbeau. »

Le preux saisit sa forte lance;
Il reprend l'écu, le cimier;
Vers son destrier il s'élance...
— Un moment, brave chevalier,
Dit Merlin; j'ai levé le voile
Qui dérobe au regard humain
Dans les arcanes de l'étoile
L'événement du lendemain.
Il faut, avant que la victoire
Abatte à vos pieds le larron,
Avant qu'à votre écrin de gloire
S'ajoute ce nouveau fleuron,

Il faut qu'ici, dans ce lieu même,
Abandonnant tout autre soin,
Des effets d'un triple anathème
Avec moi vous soyez témoin. »

Le preux frémissait de colère;
Pourtant aux ordres de Merlin
Il se rend. — J'obéis, mon père,
Dit-il. La vengeance à demain! »

Partout alors des teintes sombres
Se répandaient. Sur le plateau
Surtout tombaient les grandes ombres,
Comme un épais et noir rideau,
Lorsque des formes indécises,
Vagues et douteuses clartés,
Voltigeaient sur les landes grises
Dans ces parages enchantés.

— C'est moi Merlin qui vous appelle.
Gnomes, démons, sylphes, follets!
Venez à moi, troupe fidèle!
A moi, lutins et farfadets!

» Il est au fond de la Libye
Une fortunée oasis.
J'ai sous mon pouvoir le génie
Qui règne dans ce paradis.

Au milieu de ces frais ombrages,
Plongeant ses pieds dans le cristal,
Un beau palais, plein de mirages,
Voit à l'instant l'hôte royal,
Sa meute et sa cour harassées,
Poursuivant le cerf-papillon,
Aériennes chevauchées,
Fougueux et bruyant tourbillon.
Pour vous, esprits, dans l'étendue
Il n'est point de pesant fardeau.
De ces rochers la cime ardue
Attend le magique château. »

Bientôt dans la plaine éthérée
Un sillage phosphorescent,
Une scintillante traînée
Se tord en spirale et descend.

Mais du preux le cœur intrépide
(Était-ce surprise ou frayeur?)
S'émut un peu. — Sous mon égide,
Vous pourrez voir, dit l'enchanteur.
Et d'abord, sur la cour bretonne
Et sur son roi, le grand Arthus,
Il sera bon que je vous donne
Des détails encor peu connus.

» Un jour dans la vieille Bretagne,
Roi, reine, dames, chevaliers,
Parcouraient gaîment la campagne...
En avant, piqueurs et limiers!

Dans la fauve et vaste bruyère,
On voyait du blanc palefroi
Flotter la longue crinière :
C'était une chasse de roi.

» Dans le val une cloche tinte,
On accourt au pied de l'autel.
Le prêtre entonne l'hymne sainte,
L'encens monte vers l'Éternel.
A genoux sur la froide pierre,
Dames et preux en oraison
Ont courbé leurs fronts vers la terre,
Quand du cor on entend le son.
Et c'était du divin mystère
Le moment le plus solennel...
— Mais sonnez donc, sir Audovère,
C'est notre cerf de Penhoël,
Criait Arthus; sonnez, Canmore!
Sous ces voûtes, sous ces arceaux,
Le cor réveille, plus sonore,
Les morts mêmes dans leurs tombeaux!

» Et, laissant là le sanctuaire,
Ils ont franchi le seuil sacré.
Hélas! cette cour téméraire
Courait sur un sol effondré!

» Un glas funèbre à la chapelle...
Jamais plus lugubre beffroi...
La chasse se trouble et chancelle...
Saisis d'un indicible effroi,

Ils se heurtent, et le tonnerre
Gronde avec fracas dans le val.
Le jour refuse sa lumière.
Ils entendent l'arrêt fatal :
— Anathème à ces sacriléges!
Anathème!... Dès cet instant
Plaines et monts, sables et neiges
Sentiront leur vol haletant.

» Et voici la halte isolée,
Amadis, où la même voix,
Suspendant la chasse affolée,
Les a pour la première fois
Convoqués quand l'heure est venue;
Et ce châtel aux murs d'acier
Qui sur une terre inconnue,
Entre le cèdre et le palmier,
Dressait ses aiguilles hardies,
Maintenant, dans ce plan obscur,
Œuvre admirable des génies,
Cache son faîte dans l'azur. »

Amadis songeait aux prouesses
Des forts aux temps miraculeux
Où de leurs courses vengeresses
Les hauts faits presque fabuleux,
Publiés par la Renommée,
Devenaient l'appui du malheur,
Sauvaient l'innocence opprimée
Et faisaient trembler l'oppresseur;

Des preux devant qui les bannières
Des plus imprenables donjons
Tombaient... qui forçaient les barrières
De ces effroyables prisons
Où souvent la jeune victime
De quelque amour vieux et jaloux
Accusait du fond de l'abîme
Le soupçon d'un barbare époux
Quand, dans une pose nouvelle,
Du cercle occupant le milieu,
Du feu dans sa noire prunelle,
Avec la majesté d'un dieu,
Merlin vers le palais féerique
Adresse un geste souverain,
Et sa parole fatidique
Vibre comme un tube d'airain :

— Fiers paladins, beautés célèbres,
Écuyers, pages, ménestrels,
Dégagez-vous de vos ténèbres,
O vous tous, la fleur des Gaëls !
Car voici l'heure planétaire
Où le favori de Merlin,
Arthus, doit tenir cour plénière,
Avant le somptueux festin. »

Aussitôt le palais rayonne.
Sous ses lambris resplendissants
Tout s'anime... le cor résonne,
Les larges portiques béants

Laissent voir cette cour fameuse,
Attentive au premier signal,
Aller, venir, libre et causeuse,
En train de fête et de régal.

— Voyez, dit Merlin, sous ces lustres
Venir vers nous, froid et rêveur,
Le chef des paladins illustres ;
C'est Arthus ou le Roi-Chasseur.
Les chevaliers parlent de gloire,
De combats, d'amours, de tournois ;
Seul il a gardé la mémoire
Et du tonnerre et de la voix
Qui du flanc noir de la nuée
Lança l'irrévocable arrêt,
Lorsque la chasse foudroyée
Tourna trois fois dans la forêt.

» Là, Farien de Rochebrune
Et Donagrel de Valombreux;
Puis, le soupirant de la lune,
Sir Tristan, le Beau-Ténébreux.
Ici Cliomberis le sage,
Conobre, Adon et sir Gauvain.
Ce preux raconte son passage
Par la gorge de Mondraguin,
Lorsqu'il signala son audace
Dans la caverne d'Aurion,
Où, surpris seul et sans cuirasse,
Il défit une légion

De vampires que son épée
Poussait, perçait, coupait en deux,
Sans que leur haleine glacée
Engourdît son bras vigoureux.

» Mais ne parlons pas de batailles,
Puisqu'il n'est pas de chevalier
Qui ne pût compter les entailles
Faites au haubert, au cimier,
Depuis Nembrod de Babylone,
Depuis l'Assyrien Bélus,
Jusqu'au châtelain d'Argilone,
Vainqueur du traître Cocambus.

» Près d'eux, sur cette riche estrade
De velours bleu lamé d'argent,
C'est une adorable pléïade
Qui du monde fut l'ornement ;
Attraits dont l'image chérie,
Rivée au cœur des paladins,
Faisait rêver de tendre amie
Dans les climats les plus lointains.

» Ce sont bien là des corps solides.
C'est la brillante cour d'Arthus.
Demain encor, essaims livides,
Ils fendront l'air de cris aigus ;
Car ils reprendront l'équipage
De la poursuite au vol strident,
Au premier sinistre présage,
Au premier hurlement du vent,

Alors que la trombe appelée,
Rompant les murs de sa prison,
Viendra, terrible, échevelée,
Fondre et tournoyer sur le mont.

» Aussi, dérision suprême!
Nous verrons au palais d'Arthus
S'asseoir bientôt l'Hébreu lui-même
Qui doit marcher mille ans et plus;
Et la princesse iduméenne,
Teinte encor du sang d'un martyr;
Le Ciel lui donne pour géhenne
Un tyrannique et vain désir.

» Les périodes séculaires
Sept fois ont marqué dans les temps,
Et toujours, sept fois centenaires,
Tous deux portent leurs pas errants
Jusqu'aux steppes hyperborées,
Vaguant, visitant au hasard
Terres froides, chaudes contrées.
Lieu de relâche... nulle part!

» Chaque siècle a creusé ses rides
Au visage d'Ashavérus.
On dirait des mousses arides
Sur un front qui ne vieillit plus;
Car là s'arrêtent ces ravages
Pour le fils d'Aram, invité
A montrer dans tous les parages
Sa pénible immortalité.

Mais des ans la cruelle injure
N'atteint pas la reine en sa fleur.
Elle a toujours même parure,
Même grâce, même fraîcheur.

» Dans son mosaïsme sévère,
Ashavérus ou Laquedem
Ne demande, en sa peine amère,
Que de revoir Jérusalem;
Quand, dans son humeur sensuelle
Et dans sa folle vanité,
Hérodiade la rebelle
Cherche le bal qu'elle a quitté.

» Au seuil de ce palais, les âges
Seront comme s'ils n'étaient pas
Pour ceux que le Ciel sur ces plages
Amène au nocturne repas;
Et le passé n'est qu'apparence.
Dans leur égarement d'esprit,
Le châtiment, la longue absence,
Ce n'est qu'un rêve... qui finit.

» Invisibles, dans ce cénacle
Nous nous tiendrons au milieu d'eux.
Jamais plus étonnant spectacle
D'un mortel ne frappa les yeux. »

Sur leurs hampes empanachées
De guirlandes aux nœuds touffus,
Les vingt bannières déployées
Des nobles compagnons d'Arthus

S'agitent au souffle des brises,
Avec écharpes et blasons;
Les rubans aux tendres devises
S'enroulent autour des guidons.

Une dame à sa jeune reine,
Trésor de grâces et d'atours,
Dans cette atmosphère sereine
Contait les fidèles amours
D'Azolan et de Fleur-d'Orange;
Puis, Florine et le Roi-Charmant,
Qu'en oiseau bleu tout à coup change
Un mot, un geste seulement
De Soussio, dans sa colère;
C'est une fée au nez pointu,
Dont les pareilles ont sur terre
L'emploi d'éprouver la vertu.
Elle disait de Truitone
La phénoménale laideur,
Dont l'aspect, comme la Gorgone,
Rendait immobile d'horreur.

Et pour tromper la dure attente
Du gala qui se préparait,
A la cour que la faim tourmente,
Et qui, distraite, l'écoutait,
Elle aurait de la tour d'Ébène
Rappelé l'affreux carillon,
L'anneau d'or de la Marjolaine,
La pantoufle de Cendrillon,

Si, du haut de son royal siége,
Jusque-là pensif et muet,
Le roi d'un souci qui l'assiége
N'eût voulu dire le secret:

— Nous connaissons le répertoire,
Et de la Belle au bois dormant
Je crains l'interminable histoire.
Nous sommes à jeun, cependant!
Eh bien! malgré l'impatience
D'un inexprimable appétit,
Je ne lève pas la séance
Avant d'avoir fait le récit
D'une vision singulière
Qui m'a rendu tout anxieux.
Dames, le nouveau doit vous plaire,
Rien n'est vraiment plus curieux.

» Vous savez cette grande arène,
Où retentissaient les clairons
Des vingt preux venus d'Aquitaine
Pour joûter avec nos barons?
Ce fut un tournoi mémorable,
Où se signala la valeur
Des bons tenants de notre Table,
Types de bravoure et d'honneur.

» Mais d'où vient que rien ne relie
L'heure présente à ce passé?
Il ne s'offre à ma rêverie
Qu'un souvenir terne, effacé,

De grande et dernière battue,
D'ermite, de cour à genoux,
De cerf et de trace perdue,
D'orage, de ciel en courroux.
Puis, un songe dans la lacune!...

» Il m'a semblé que je passais
Allongé, sur la lande brune,
Par les halliers, sur les guérets,
Et, dans mon vol imaginaire,
Je glissais, spectre vaporeux,
Avec ma maison tout entière,
Excitant les chiens généreux.
Mais, comme moi, c'étaient des ombres.
Meute, chasseurs et palefrois
Rasaient les coteaux, les vals sombres,
Comme un ouragan plein de voix.

» J'ai chassé sur toutes les rives,
J'ai du Gaulois et du Germain
Percé les forêts primitives,
Dans cette poursuite sans fin;
Et ni vallon, ni clairière,
Plaine nue, ou pays couvert,
N'ont vu s'arrêter ou se taire
Cette course, ces bruits d'enfer.
Toujours après la même bête,
Sorte de cerf, fantôme vain,
Qui, se retournant, faisait tête
Aux chiens qui l'assaillaient en vain.

» Aux bords neigeux de la Baltique,
Région d'éternels frimas,
J'ai traversé le ciel runique
Et ses fantastiques combats;
Le Walhalla du Scandinave,
Où la Willis au blanc manteau
Met la lance à la main du brave,
Au doigt le nuptial anneau;
Où, dans l'atmosphère de glace,
D'Odin les enfants belliqueux,
Pour guerroyer, fendent l'espace
Sur de longs coursiers lumineux.

» Enfin abandonnant la terre,
Gibier, chasseurs, meute et chevaux
Allaient, caravane légère,
Sur l'abîme mouvant des eaux,
Par delà des mers ignorées
Dont le nom n'a pas été dit,
Qu'aucun vaisseau n'a labourées,
Dans un monde où tout me surprit,

» Immense et sauvage nature...
J'ai vu Peaux-Rouges et bisons
Dans des océans de verdure
Coupés d'ombres et de rayons (1).

» La même fièvre nous dévore,
Et, ni plus ni moins avancés,
Bientôt du couchant à l'aurore
Nous revenons toujours lancés,

(1) Arthus passe l'Atlantique et chasse dans un monde inconnu.

Sans perdre un seul moment de vue
Ce simulacre audacieux
Qui, devant la chasse éperdue,
Se jouait des chiens furieux.

» Puis, d'autres mers... des mers de sable
Dont les flots montent, colorés
Par un soleil impitoyable
Et l'ardent Simoun conjurés.

» Ni l'empire de Trébizonde,
Ni l'Iran, ni le Daghestan,
Ni Cachemire, ni Golconde,
Ne m'ont fait penser un instant
A la bravoure conquérante
D'Arthus et de ses chevaliers.
C'était la meute pantelante
Et le mors aux dents des coursiers;
C'était l'étourdissant mélange
De tous les grands bruits à la fois,
Les cors, les chiens, le cerf étrange,
Comme il n'en est point dans les bois.

» Si de la poursuite effrénée
Je voulais ralentir l'élan,
Ou quitter la trace damnée
De l'animal, fils de Satan,
D'en haut une voix formidable
Criait: — Chasse, chasse toujours
Avec les tiens, roi misérable!
Jusqu'au pardon des derniers jours.

» Serait-ce d'un mauvais présage?
Écoutez bien. Sur un sol nu,
La meute redoublant de rage,
Désespéré, forcé, rendu,
Le cerf s'abat... C'est une mouche
Qui bourdonne sous le limier!...
— Que le ministre de la bouche
Prenne et découpe le gibier,
Dis-je alors, pendant qu'avec pompe
De Canmore le grand veneur
La vibrante et joyeuse trompe
Sonnera l'hallali vainqueur. »

Vite on s'interroge, on se lève,
Tous de s'écrier : — Par Merlin!
Il nous est échu même rêve,
Même chasse, même butin!

— Je suis d'avis qu'un pareil songe
Ne saurait nous inquiéter,
Dit Lionel; songe est mensonge.
Et quel motif de s'attrister,
Quand dans la superbe demeure
Que Merlin élève pour nous,
Nous arrivons à la même heure,
Comme en un royal rendez-vous,
Et qu'ici maintenant s'installe
Librement la maison d'Arthus,
Mieux qu'en son château de Nordale?

— Mais comment sommes-nous venus,

Reprit le roi, sans qu'un message
Ait convoqué les chevaliers?
Et les dames?... pas davantage.
Varlets, piqueurs, chiens, destriers,
Tout est ici. Cela s'explique.
Inutile de discuter
La grande œuvre cabalistique.
Inclinons-nous, sans hésiter,
Devant la flatteuse obligeance
Du sage à l'infini savoir,
Qui veut honorer la vaillance
Et la beauté dans son manoir. »

Le roi clôt ainsi la séance;
Marjordome, écuyers, varlets,
Du festin règlent l'ordonnance,
Hâtent, dirigent les apprêts,
Servent les pièces odorantes,
Tribut de la terre, des eaux,
De l'air, qu'on retire fumantes
Des nombreux et brûlants fourneaux.

Et de cette faim indiscrète
Qui pourrait dire les exploits?
La cour mange, fait table nette,
Mange et recommence vingt fois;
Et de nouveaux mets prennent place
Pour être aussitôt engloutis,
Et coup sur coup la calebasse
Verse ses liquides rubis.

En même temps, à la curée,
Sous une arcade aux hauts piliers,
De rouges flambeaux éclairée,
Les cent chiens, bassets et limiers,
Au fond des entrailles sanglantes
Plongeaient leurs avides museaux,
Et des chairs toutes palpitantes
Tordaient, s'arrachaient les lambeaux.

DEUXIÈME PARTIE

Accueil bienveillant fait au Juif qui vient fatalement demander l'hospitalité au château merveilleux, et qui ne peut exprimer l'étonnement où le plonge son aventure. Il finissait de raconter ce qu'il prenait pour les folles visions d'un cauchemar long et pénible, lorsqu'un chevalier introduit Hérodiade dont l'incomparable beauté excite au plus haut point l'admiration de la cour. Elle ne peut — pas plus qu'Ashavérus dont l'anxiété redouble à sa vue et qui se dérobe à ses regards — s'expliquer l'extrême singularité de la situation. Elle raconte aussi son prétendu rêve. On voit par le récit du Juif-Errant et de la reine que, pour ces deux condamnés, c'est une force inconnue qui les aurait saisis, l'un au seuil même de sa maison, l'autre dans son palais, au milieu des plaisirs d'une nuit splendide, pour les livrer à un sommeil plein de chimériques événements et les jeter dans ils ne savent quelle contrée, où tout accuse l'immensité de l'espace qui les sépare de Jérusalem.

— Enfin, dit Arthus, on respire.
Qu'en dites-vous, dames et preux ?
Toi, ménestrel, monte ta lyre,
Chante le dompteur valeureux
Des géants de la Taprobane.
C'est Lancelot de Rocallier,
Le beau filleul de Viviane,
Surnommé le Blanc Chevalier. »

Une des quatre portes s'ouvre.
— Sire, annonce-t-on, un vieillard
Aux vêtements couverts de poudre,
A l'œil vitreux, au teint blafard,
Demande au palais un asile,
Un lieu de repos pour la nuit;
De David il cherche la ville,
Et ne sait quel sort le conduit.

— Tout voyageur dans la souffrance,
Dit le roi, chez le bon Merlin
Peut se livrer à l'espérance.
Introduisez ce pèlerin. »

Et bientôt la cour attentive
Voit entrer d'un pas chancelant,
Vêtu de la tunique juive,
Appuyé sur son bâton blanc,
Un homme grand, à face blême,
Aux longs cheveux, tel qu'on l'a peint.
Son âge, sa maigreur extrême,
Son regard atone, incertain,
Émeuvent d'abord l'assemblée.
— N'avez-vous pas, bon étranger,
Dit Arthus, la tête troublée?
Quelle infortune, ou quel danger...

— Princes, seigneurs de cette terre,
J'arrive de Jérusalem.
Je ne puis sonder ce mystère,
Moi, pauvre Isaac Laquedem,

Demeurant au quartier du Temple,
Non loin de la maison d'Achim,
Où siége l'honneur et l'exemple
De tout Juda, le Sanhédrim!
Je sors d'un cauchemar horrible,
Bizarre enfant de mon sommeil,
Et maintenant c'est l'impossible
Qui vient étonner mon réveil.

» Pourtant, je reviens à moi-même,
Mais ahuri, mais consterné.
Loin des murs de Salem que j'aime
Quelle est la main qui m'a mené,
Tout endormi, sous le portique
De ce palais prodigieux,
Dont Salomon le magnifique
N'eut pas l'égal chez nos aïeux?

» Écoutez cet étrange rêve :
Je vais au château d'Antipas
A l'heure où le travail s'achève,
Oisif et sans hâter le pas.
On parlait d'Anne, de Caïphe,
De Jésus le Galiléen.
Droit au tribunal du pontife,
Place et tour du Jébuséen,
Je cours. Mais c'était au prétoire
Que Ponce le procurateur
Commençait l'interrogatoire

De ce dangereux novateur.
La foule criait, stimulée
Par le zèle d'Azarias :
— A mort l'homme de Galilée,
Et qu'on nous laisse Barabbas!

» Or, moi Juif, du nouveau Prophète
Je ne suis point le sectateur.
Je veux la loi, la loi parfaite,
Que nous donna le Créateur
Lui-même, sur les saintes Tables,
Lorsqu'au pied du mont les Hébreux
Virent ces sommets redoutables
Vingt fois se couronner de feux ,
Et qu'au bruit de mille trompettes
Et des foudres du Sinaï
Moïse put voir sur ses crêtes
Le visage d'Adonaï.

» Le lendemain, devant ma porte
Se montre, chargé de sa croix,
Jésus que tout un peuple escorte,
Las et succombant sous le poids.
— Souffrez, dit-il, que je m'arrête,
Je suis inondé de sueur.
Et comme à s'asseoir il s'apprête,
Moi, je lui dis : — Marche, imposteur!
Et je fis entendre un blasphème...
Lui, m'enveloppant du regard :
— Va, reprit-il, marche toi-même,
Marche toujours, marche au hasard!

» Je me trouvai sur une grève,
Et je sentis que je marchais,
Que j'allais sans répit ni trêve,
Sans que rien me retînt jamais.
Brûlé par les feux du tropique,
Ou gelé par les vents d'hiver,
Soit dans les sables de l'Afrique,
Soit au pôle froid et désert,
Il me semblait marcher sans cesse.
Et durant ce songe odieux,
Quelle a donc été ma détresse?
J'étais jeune, me voilà vieux!

» Oui, le rêve a pris ma jeunesse,
Et, supprimant le cours des ans,
Il m'a donné de la vieillesse
Les plis rugueux, les cheveux blancs.

» Un démon a rempli ce vide
D'innombrables événements,
Dont la raison la plus lucide
Ne pourrait pénétrer le sens.
Une fois, c'étaient nos murailles
Croulant sous les coups du bélier,
Et les immenses funérailles
D'un peuple égorgé tout entier;
Et du temple, du sanctuaire,
Sur le sol les débris fumants.
Puis, c'étaient par toute la terre
Les plaintes, les gémissements

Des chères tribus dispersées,
Le Juif se traînant aux genoux
Des nations. Tristes pensées,
Vous n'êtes rien... dissipez-vous!

» J'ai cru marcher sur la poussière
De cités et de peuples morts.
J'ai vu la rage meurtrière
D'ambitieux Nembrods. Alors
Des captifs je fendais la presse
Parmi les sanglots et les pleurs:
Et c'étaient ailleurs l'allégresse
Et les triomphantes splendeurs.

» Si parfois au miroir liquide
Du clair ruisseau, du lac profond,
Je cherchais la nouvelle ride
Qui venait sillonner mon front,
Aucun repos n'était possible.
Aussitôt une voix criait :
— Marche!... et cet ordre irrésistible
Me faisait partir comme un trait.

» Hallucination! chimère!
Dans ces cruelles visions,
A chaque phase séculaire,
Dans différentes régions,
Je rencontrais Hérodiade,
La digne épouse d'Antipas,
Comme la vit Tibériade
Devant le proconsul Lénas,

Avec sa grâce, son sourire.
Elle saluait des deux mains,
Et reprenait dans son délire
La folle danse des mondains. »

La cour tient fixés, tout émue,
Ses regards sur le voyageur.
— C'est bien quelque tête perdue,
Se dit Arthus toujours rêveur,
Peut-être le Juif en personne,
Objet des vengeances du ciel,
Qui vivra jusqu'à ce que sonne
La trompette d'Ithuriel :
Et si c'est lui, quelle démence !
Il sort, a-t-il dit, de Salem ;
Mais nous connaissons la sentence
Qui jadis frappa Laquedem. »

Déjà le roi montrait la table
Au vieillard tremblant, effaré ;
Son geste, sa parole affable
Calmaient cet esprit égaré,
Quand les notes orientales
Du sistre et du psaltérion,
Et le tambour et les cymbales,
Sous la tour du Septentrion,
Musique exotique et bizarre,
Font entendre des airs dansants.
— Aubaine curieuse et rare !
Dit Genèvre : qu'à deux battants,

Pour cette visite imprévue,
S'ouvrent les portes du castel !
Elle sera la bienvenue.
Mais que nous veut sir Lionel ?

— Madame, une princesse juive,
Au noble et gracieux maintien,
Une royale fugitive
Arrivant seule et sans soutien,
Demande quelle est cette terre
De bois, de landes, de marais,
Où la jette le sort contraire,
Et si pour la nuit ce palais
Serait pour elle un sûr asile.

— Ah ! dit Genèvre, qu'à l'instant
Un chevalier au péristyle
Se rende, et qu'un accueil galant
Assure à la princesse errante
Qu'ici le malheur a des droits,
Et que dans la troupe vaillante
Des preux elle peut faire un choix. »

Sir Lionel la complimente.
La Juive tend sa blanche main
Au chevalier, qui la présente
Dans la grand'salle du festin.

Laquedem, penché sur les dalles,
Dans le trouble et l'anxiété,
Se remémorait les scandales
Qui déshonoraient la cité:

— La voilà bien! c'est notre reine,
Comme je la vis si souvent,
Hérodiade la sirène,
Dont la danse vive et le chant
Des Gentils charmaient la cohue,
Lorsqu'avec le préteur Lucien
Elle inaugurait la statue
De je ne sais quel dieu païen
Dans les jardins où d'Aphrodite
Les effluves corrompent l'air,
La retraite impure et maudite
Du vieil Hérode au cœur de fer.

» Ni Débora la prophétesse,
Ni Judith la veuve aux yeux bleus,
Ni Dalila la pécheresse
Qui trahit Samson amoureux,
N'eurent de si puissantes armes;
La fille de Nathanael
N'eut pas besoin de tant de charmes
Pour subjuguer l'ange Azael.
Est-ce un exil expiatoire ?
Ou du même sommeil que moi
Est-elle victime ? Que croire ?
Ah! dans mes os je sens le froid ! »

TROISIÈME PARTIE

Les tables se couvrent de nouveaux mets. Prodigieux appétit des deux étrangers. Le festin tourne à l'orgie. Le vin coule à flots, et l'esprit de confusion et d'erreur s'accroît sans cesse et prend des proportions toujours plus étranges. Enfin, aux premières lueurs du jour, le château s'évanouit; la trombe déchaînée balaie au loin les berceaux fleuris, les bannières, les écussons et rend la montagne à sa nudité première.

On dit que tous les cent ans le même palais fantastique réunit le même cénacle dans les mêmes conditions et avec les mêmes circonstances. Nous n'oserions l'affirmer, n'étant pas dans le secret.

Jamais elle ne fut plus belle...
Son regard long, déconcerté,
Semble demander autour d'elle
Si c'est bien la réalité
Que l'inconcevable merveille
D'un palais dans ces lieux déserts.
Sa raison à demi s'éveille,
Et, ballottée en sens divers,
Flotte d'un passé qu'elle nie
Aux étonnements du présent;
Son orgueil blessé se récrie
Et méconnaît le châtiment.

— Je suis, dit-elle, Hérodiade,
L'épouse du grand Antipas,
Qui, des murs de Tibériade
Aux champs sulfureux de Barnas,
Étend son sceptre despotique.
Je ne puis, dames et seigneurs,
Vous dire quel sort ironique
M'a prise au sein de ces grandeurs
Pour me jeter, toute parée
De mes bijoux du dernier bal,
Dans je ne sais quelle contrée,
Sous un ciel gris et boréal.

» Mais ne suis-je pas endormie?
Si ce que je vois n'était pas?
Si quelque malfaisant génie
Me simulait d'autres climats?
Si ce château, si cette grêve
N'étaient que des aspects menteurs
De mon inexplicable rêve,
Une, enfin, de ses mille erreurs?

» Hier, du roi c'était la fête.
Laissant Jéhovah pour les dieux,
Le palais, de la base au faîte,
Était superbe, radieux.
Au bal, une suite dorée
De courtisans et d'étrangers,
Bientôt de plaisirs enivrée,
S'attachait à mes pas légers;

Quand d'un malencontreux prophète,
Accouru du pays d'Azer,
La voix vient comme une tempête
Retentir dans ce doux concert
De bruits flatteurs et de louanges,
Et vouer aux foudres vengeurs
Du dieu des Juifs et de ses anges
Tout ce monde d'admirateurs.

» Je vais, sûre de mon empire,
De Jean demander le trépas ;
Je savais bien qu'à mon sourire
Hérode ne résistait pas.
Puis, je veux en vain de cet ordre
Tempérer l'extrême rigueur :
Ma voix se perd dans le désordre
Que font l'insolente clameur
De l'homme et sa fougue insensée.
Il tombe, hélas! décapité.
Que devins-je alors? ma pensée
Se perd dans cette obscurité.

» Oui, ma raison ici s'égare!
Dans ma parure, je croyais,
Au son d'un orchestre barbare,
En dansant, sortir du palais;
Et cette invisible musique
Partout accompagne mes pas.
Tout à l'heure, un rire excentrique
Venait y mêler ses éclats.

» Ni l'antre divin de Méthone,
Ni le trépied d'or d'Apollon,
Ni les chênes creux de Dodone,
Ni chez nous le dieu d'Accaron,
Venu de Tyr dans la Judée,
Infaillible révélateur,
Ne sauraient dire la portée
Du songe mystificateur.

» J'ai cru des temps mythologiques,
Sur les montagnes, dans les bois,
Voir de près les rites antiques :
Du faune et du sylvain, parfois,
J'ai surpris la ronde lascive
Avec les nymphes d'alentour,
Sur des gazons bordés d'eau vive,
Dans les teintes d'un demi-jour.

» Et, plus tard, dans un culte austère,
Les nouveaux peuples et les rois
Du Supplicié du Calvaire
Adoraient l'infamante croix :
Partout, de la Grèce et de Rome
S'enfuyaient les mythes vaincus,
Et le prêtre, sous le vieux dôme,
Cherchait en vain ses dieux perdus.

» J'ai des danses iduméennes
Exécuté les pas brillants
Aux steppes hyperboréennes
Et chez les Sabéens brûlants.

Oui, j'ai cru parcourir la terre
Et voir des cités, des forêts,
L'orgueilleux palais, la chaumière.
Je ne marchais pas... je dansais!

» Mais voici le cruel supplice,
Juste sujet de mon courroux:
Dans ce songe, plein d'artifice,
Que m'envoyaient les dieux jaloux,
C'était la foule indifférente
Qui passait, passait sans me voir.
Je voulais plaire... vaine attente!
Chaque instant trompait mon espoir.

» Et cette crise singulière
Renouvelant ses visions,
A chaque phase séculaire,
Dans différentes régions,
M'apparaissait un fanatique,
Ashavérus ou Laquedem,
Qu'un enthousiasme biblique
Rendait cher dans Jérusalem
A la secte ardente, exclusive,
De cet absurde Sanhédrin
Qui veut trouver dans la loi juive
Le dernier mot du genre humain.

— L'homme dont vous parlez, ô reine,
Un vrai type hébreu, sur ma foi!
Vous le reconnaîtrez sans peine :
Approchez, vieillard, dit le roi.

Et l'homme à la face moussue
Se montre et tremble en s'avançant.
Hérodiade, à cette vue,
Recule et pousse un cri perçant.

— C'est bien quelque méchante fée,
Dit Genèvre, ou quelque enchanteur
Qui vous a de votre Judée,
Par un moyen perturbateur,
Transportés dans notre Armorique,
Vers les âpres climats du Nord.
Je sais ce que peut l'art magique,
Et ne vois là rien de bien fort.

— Oui! mais ceci doit nous surprendre,
Disait Arthus à Laquedem.
Il n'est pas aisé de comprendre
Qu'on ait naguère dans Salem
Vu des faits transmis d'âge en âge
Depuis plusieurs siècles passés,
Et que tout clerc, en beau langage,
Prêche aux Bretons catéchisés.

» Ecoutez! soit que la pensée,
Chez vous, d'un songe permanent
Et mauvais se trouve obsédée
(Ce qui semblerait évident)
Et que, parmi nous, la puissance
De quelque charme malheureux
Seule explique votre présence;
Ou qu'ainsi vous veniez tous deux,

Après avoir marché sans cesse,
Vous, pour avoir chassé du seuil
Ce Jésus que l'angoisse oppresse,
En un jour d'erreur et de deuil;
Vous, pour avoir, dans une fête,
Au sein de plaisirs séduisants,
D'un homme désigné la tête
Au zèle outré des courtisans :
Quels que soient vos noms, votre race,
Puisqu'on vous laisse ce loisir,
Croyez-moi, de votre disgrâce
Ici perdez le souvenir. »

On s'empresse autour de la reine.
Des pages servent sans retard.
Bientôt une faim surhumaine
A dévoré sa large part
De cette incroyable abondance
De mets variés, succulents ;
Et, près de la royale mense,
Deux nains faisaient fumer l'encens.

Le Juif parcourt d'un œil avide
Les vases d'or et les cristaux,
Pendant qu'en son estomac vide
Vont disparaissant les monceaux,
Qui tombent dans sa vaste assiette,
De toutes sortes de gibier.
Mais sa main écarte et rejette
Une hure de sanglier.

D'un vase, grand comme une amphore,
Trois fois sa soif a vu le fond.
Son teint verdâtre se colore.
Il s'imagine du Cédron
Découvrir la rive sacrée,
Et, dans son cours retentissant,
Entendre la voix vénérée
De quelque ancien prophétisant.

— Jéhovah, le dieu que j'adore,
Peut du joug pesant des Gentils
A son gré délivrer encore
De Jacob les malheureux fils.
Ah ! de l'alliance éternelle
Qui devait combler tous nos vœux,
De la promesse solennelle
Que tu fis jadis aux Hébreux,
Souviens-toi, Seigneur. Que ton glaive
Couvre Israël persécuté !
Que ton peuple aujourd'hui se lève
Dans sa force et sa liberté !
Toi qui frappas la vieille terre
De Mesraïm, quand les fléaux,
Enfants de ta juste colère,
Des proscrits vengèrent les maux,
Seigneur, des vagues soulevées
Ta main ouvrit le vaste sein,
Creusant dans les eaux divisées
Aux tribus un large chemin !
Et la multitude ennemie
Des chariots et des cavaliers
Renversés par l'onde en furie,
Roulés, brisés sur les rochers,

Remplit la mer de ses épaves
Et de ses cadavres flottants.
Tu sauvais alors les esclaves,
Et précipitais les tyrans.

» Dieu d'Abraham, sois-moi propice!
Rends-moi Solyme et le repos :
Demain au temple, en sacrifice,
Coulera le sang de deux veaux (1).

— Nous n'ignorons pas quels miracles
Votre Dieu faisait autrefois,
Dit Genèvre, et de vos oracles,
Du Temple et de vos saintes lois
On nous parle dans l'Armorique.
Cependant au culte d'Hæsus,
A la légende druidique,
Le nouveau culte de Jésus
Vient mêler sa douce influence.

» Il est aussi d'autres agents
Dont nous invoquons la présence,
Quand les dangers sont imminents.
Ici, point de grotte où la fée
N'ait son mystérieux séjour,
Pas d'étang dont la troupe ailée
Des sylphes, quand finit le jour,
N'effleure le liquide espace,
Invisible, avec le zéphir
Qui ride à peine la surface
D'un souffle doux comme un soupir.

(1) Ce n'est pas tout à fait une hécatombe.

» Hébreu, nous aimons les cantiques
De vos fastes tant célébrés,
Mais aux hymnes calédoniques,
Aux chants des bardes inspirés
Prête maintenant ton oreille ;
Souffre un moment que de Sion
Le pieux souvenir sommeille.
Voici la harpe d'Albion ! »

Aussitôt l'instrument sublime
A rendu des sons frémissants.
A ces accords le barde Olime
Va joindre ses mâles accents.
Venu de la Calédonie
A la cour guerrière d'Arthus,
Des anciens chefs de sa patrie
Il chante les nobles vertus.

— Salut, ô montagnes natales,
Arbres, rochers, pics blanchissants !
Je vois passer dans vos dédales
Les grandes ombres de nos clans !

» Là, sous le dôme symbolique,
Au sein d'éternelles vapeurs,
C'est Fingal, sa cour gaëlique,
Ossian, ses bardes conteurs.
Ils exaltent des funérailles.
Ils chantent l'hymne de Trenmor.
Entendez... le choc des batailles
Retentit sur les harpes d'or !

» L'étranger portait l'esclavage.
La claymore du montagnard
A dans son sang lavé l'outrage,
Humilié son étendard,
Et couvert de morts la vallée
Qui vit la honte du vaincu.
O terre! tu n'es plus souillée,
L'envahisseur a disparu.

» Quand les brumes aventureuses
Forment leurs mobiles réseaux;
Quand, sur les croupes nuageuses,
Tumultueux comme les flots,
Au gré de l'inconstante brise
Courent les brouillards du Foël,
C'est tout le clan de Mac-Algise
Qui vient voltiger dans son ciel.

» Et les esprits élémentaires
De l'air, de la terre et des eaux,
Esprits des grottes solitaires,
Démons familiers des créneaux,
Légion fantasque et houleuse,
Passent, rapides, sous nos yeux,
Dans leur ronde vertigineuse,
Avec les spectres glorieux! »

Le luth vibre encor. On se groupe,
On applaudit avec transports :
Le roi des preux saisit la coupe
Qu'un page remplit jusqu'aux bords.

— Amis, dit-il, la dive treille
Donne ses sucs délicieux.
Fêtons cette liqueur vermeille
Digne de la table des dieux.
Ici, chacun boit à sa dame.
Honni soit le preux trop discret !
Lionel, Gauvain, sur mon âme,
D'où vous vient cet air inquiet?

» Pourquoi d'un voile de tristesse
Votre front reste-t-il couvert,
Farien? De votre maîtresse
N'avez-vous pas le ruban vert?

» Paladins de la Table-Ronde,
Je suis fier d'être votre roi.
Jamais monarque dans le monde
N'eut de tels braves sous sa loi.

» Buvons ! car demain, dans la plaine,
Dans la lande, dans les halliers,
On verra courir hors d'haleine
Chasseurs, palefrois et limiers.

» Buvons ! car le veneur Canmore,
Pour sonner l'heure du départ,
N'attendra pas que Phébus dore
Les collines de Kennevart.

» Chevaliers, de la tour Carrée
A bientôt le dernier assaut.
Guerre aux géants, race abhorrée!
Arthus ! Bretagne ! Gallehault !

— Eh bien! buvons jusqu'à la lie,
Criaient debout, les bras tendus,
Tout prêts à la royale orgie,
Les paladins du grand Arthus.
Et de ces roches crénelées,
Repaires des ogres géants,
Les ruines amoncelées
Sous l'effort de nos bras puissants,
Raconteront à la Bretagne
Les exploits de ses chevaliers.
A nous donc bientôt la montagne!
A nous ses tours et ses charniers! »

Les vins des côtes renommées
Coulent à flots. Les toasts galants
Se succèdent, et les fumées
Commencent à troubler les sens.

— Ce jus qu'on prodigue par tonne,
S'écriait le vieux Laquedem,
Pourrait, je crois, Dieu me pardonne!
Faire oublier Jérusalem.
L'arc en ciel n'est pas le seul signe
De pardon pour le genre humain.
Lorsque Noë planta la vigne
Et qu'il put presser du raisin
La grappe mûre et parfumée,
Le ciel sourit avec amour,
Et la terre, alors ranimée,
Glorifia cet heureux jour.

— Seigneur, disait l'Iduméenne
Au roi des preux lorsque tout bas
Lancelot parlait à la reine,
Vous êtes plus beau qu'Antipas!

» On ne peut voir sur aucun trône
Plus de gentille majesté
Qu'en a la princesse bretonne,
Modèle de blonde beauté.
Dames et seigneurs, de l'orgie
Je connais les appels charmants.
Dans les épreuves de la vie,
C'est le plus sûr des talismans.

» Et, sachez-le! rien ne balance,
Après le somptueux banquet,
De la musique et de la danse
L'entraînant et solide effet.

» Les Bérénices de Syrie,
Au son du sistre et thyrse en main,
Dans les palais de Séleucie,
Dansaient avec le fier Romain.

» Sans doute, au bruit des jeux splendides,
Dernier éclat de leur maison,
L'astre éclipsé des Séleucides
Disparaissait de l'horizon.
Qu'importe! Bravant la fortune,
Et d'irréparables revers
Chassant la mémoire importune,
Dans les galas, dans les concerts,

Partout, ces héroïques femmes
Régnaient encor, le front serein;
Le plaisir retrempait leurs âmes,
Le malheur les trouvait d'airain.

» L'Alexandrine Cléopâtre,
La belle Grecque aux cheveux d'or,
Aux yeux d'azur, au cou d'albâtre,
Qui but, broyé, tout un trésor
De fines perles d'Arabie,
Avec les grâces de Phryné
Faisait oublier la patrie
A Marc-Antoine fasciné.

» Sans doute aussi, sur ses rivages,
Des Lagides le Nil un jour
Voyait, sous de mortels outrages,
L'étendard tomber pour toujours;
Mais, jusqu'au bout les vins de Crète
Appelaient les jeux et les ris,
Et, dans une incessante fête,
On chantait Bacchus et Cypris.

» Moi, si de l'État la tempête
Venait menacer le vaisseau,
J'entendrais gronder sur ma tête,
Sans émoi, ce foudre nouveau.
Oui, Seigneur, ferme et résolue,
Devant les éclairs précurseurs,
Au déchirement de la nue,
Je me couronnerais de fleurs!

— Un toast, dit Arthus, au courage
Qui se rit des coups du Destin!
A vous, princesse, notre hommage :
J'aime un défi fier et hautain.

» Reconnaissez la Table-Ronde!
Ses chevaliers pourraient vraiment,
Dédaigneux des combats du monde,
Escalader le firmament,
Et faire avouer aux milices
Qui gardent les abords des cieux,
Que rien n'égale les délices
Dont Merlin nous comble en ces lieux;

» Et que les saintes immortelles,
Joyaux du céleste séjour,
Sont moins aimables et moins belles
Que les objets de notre amour.

» A nous, ajoutait le monarque,
Le généreux et noble soin
De ramener au bon Tétrarque,
Le casque en tête, et lance au poing
(Dût Satan paver notre route
De chimères et de dragons,
Les auxiliaires, sans doute,
Des veillaques et des félons)
Cette intéressante victime
De quelque sot enchantement,
Et d'aller montrer à Solyme
Les paladins de l'Occident.

» Toi vieillard, dont la destinée
Se trouve, je ne sais pourquoi,
Bizarrement associée
Au sort d'une femme de roi,
Approche et reçois l'accolade
Qui va te faire chevalier.
Nous t'octroyons lance et salade,
Cheval, épée et bouclier. »

Et quand la toque à plume blanche
Couvrit le chef d'Ashavérus,
Qu'un nœud d'écharpe orna sa hanche,
Attaché par la main d'Arthus,
Genèvre, d'une gaîté folle :
— Je prends, dit-elle, pour tenant
Ce jeune preux dont je rafolle,
Au premier tournoi du Levant. »

Et toujours s'accroît le prodige
De confusion et d'erreur,
Cet inconcevable vertige,
De la fin triste avant-coureur.

— Ici tout me plaît et m'étonne,
Disait l'étrangère, et, ma foi!
Bien volontiers je m'abandonne
Aux promesses du vaillant roi
Qui, lorsqu'une force ennemie,
Quelque déité des enfers,
M'enlève à la foule ravie
Et m'envoie à travers les airs,

Bien loin, je crois, de ma Judée,
M'offre pour revoir mes États,
A moi reine dépossédée,
Le secours d'invincibles bras.

» Chantons Bacchus et Cythérée :
Avec vous, chevaliers, demain
De Solyme et de Césarée
Je retrouverai le chemin.
Mais j'oubliais !... Vite à la danse
Donnons ces précieux moments :
Hâtons-nous donc ... la nuit avance...
Ménestrels, à vos instruments ! »

Et Lancelot avec la reine,
Hérodiade avec Arthus,
Sir Lionel et Cartolaine,
Sagremor et lady Morfus,
Toute cette cour en liesse,
Poussant de confuses clameurs,
Tous, sous l'empire de l'ivresse,
Tous, saisis d'étranges fureurs
Qui rappelaient la bacchanale
Des champs de l'Èbre et du Strymon,
Dansaient une ronde infernale
Sous l'archet grinçant d'un démon.
Le Juif, seul et rhythmant sa marche,
Se dérobait à ces ébats.
Du Roi-Prophète devant l'Arche
Peut-être essayait-il les pas.

Déjà cependant une aurore
Sans reflets de pourpre ni d'or
Blanchissait les rochers d'Avore,
Et la ronde tournait encor.

Tout à coup les flambeaux pâlissent,
La danse inouïe a cessé.
Les corps vacillent et fléchissent
Dans un milieu sombre et glacé.

Ainsi, des vents sujets dociles,
La nuit, tourmentés sur les eaux,
S'agitent, grêles et mobiles,
Les joncs verts et les longs roseaux.

Alors une rumeur profonde
Des flancs entr'ouverts du Nizan,
Vague d'abord, s'échappe et gronde,
Mugit et tonne en bondissant,
Roulant, balayant dans l'espace
Tentes, bannières, écussons,
Emportés sans laisser de trace,
Perdus vers tous les horizons.

— Voyez cette lueur nouvelle
Poindre là-bas, dans le lointain,
Dit le sage; l'aube se mêle
Aux froides vapeurs du matin ;
Et, dans ce jour crépusculaire,
Vos yeux du merveilleux palais
Que sur la cime solitaire
Ont déposé les farfadets,

Ne sauraient trouver les vestiges.
Ce n'est plus rien... tout est fini.
Dans cette suite de prodiges
Le mystère s'est accompli.

» Mais, devant vous dans la prairie,
Se meuvent ces corps tremblotants,
Ces fantômes de vénerie,
Spectres livides et flottants,
Dames et preux, monarque et reine,
Pages, écuyers et chevaux,
Varlets et chiens. Tous à la peine
Ramenés, par monts et par vaux
Poursuivront encore la bête,
Ce simulacre décevant,
Dans un élan que rien n'arrête,
Et fougueux comme l'ouragan. »

Sur cette scène indescriptible
Une religieuse horreur
Se répandait, morne, terrible...
Le chevalier eut froid au cœur.

— De la montagne crevassée,
Ses longs cheveux livrés au vent,
Le voyez-vous, tête baissée,
Descendre à grands pas le versant?
Il reprend sa route fatale.
Son pied nerveux sur les débris,
Semés au loin par la rafale,
De berceaux, d'arbustes fleuris,

Passera sans laisser d'empreinte.
Tous les cent ans, le Roi-Chasseur
Retrouvera la même enceinte
Pour recevoir le voyageur
Et cette reine d'Idumée
Qui, seule aussi sur le penchant,
Tourne sa danse accoutumée
Vers les falaises du couchant. »

L'ermite alors sur chaque tête
De son auditoire ébahi
Promène sa longue baguette.
« Enfants, du chevalier trahi,
Dit-il, à la chasse prochaine,
Si vous venez dans nos cantons
Fouiller les bois de mon domaine
Et danser à vos airs bretons,
Je vous conterai la vaillance,
Et comment de l'ogre géant
Son bras sut punir l'arrogance
Et venger un affront sanglant.

Maintenant l'astre qui s'incline
Laisse dans l'ombre le vallon,
Je vais remonter la colline
Et rentrer dans le vieux donjon.

Vous, dans ces retraites boisées,
Avant que l'Orient vermeil
Entr'ouvre ses portes rosées,
Dormez votre meilleur sommeil.

LE GÉNIE
DE LA POLOGNE

I.

Moi, fantôme oublié, je dormais dans ma tombe.
C'était un lourd sommeil, comme un sommeil de mort,
Et pourtant je rêvais!..... D'un peuple qui succombe
Je suivais du regard le douloureux effort.

Je voyais mes enfants, dans leurs combats suprêmes,
S'élancer et mourir sous les feux redoublés.
Je voyais mes drapeaux, mes glorieux emblèmes,
Lacérés et sanglants, dans la fange roulés.

Eh! que faisait aux rois la Pologne expirante?
Tout essor généreux excite leur courroux.
Qui donc parle du droit? — La force triomphante,
L'autorité, voilà! Rebelles, à genoux!

Mais les rois ne voient pas, dans un avenir sombre,
S'agiter mille essaims de farouches guerriers,
Quelque autocrate, chef de peuplades sans nombre,
Nouveau *Fléau de Dieu*, préparer ses coursiers.

Et si bientôt, du fond de leurs steppes sauvages,
Les hordes à sa voix, comme un vaste ouragan,
Allaient fondre, en hurlant, sur de lointains parages
Et noyer les cités dans des fleuves de sang!

Un jour l'ordre régna dans nos villes désertes.
Sur nos débris fumants, comme un affreux vautour,
Il planait en silence, et les fosses ouvertes
Dévoraient par milliers les fils de mon amour (1),

Mes enfants Polonais, noble race de braves,
Dont le bouillant courage a sauvé l'Occident,
Quand l'Ottoman disait : Chrétiens, soyez esclaves,
Ou rangez-vous muets sous la loi du Coran!

Le Germain succombait sous ses remparts en poudre,
La Pologne accourut. Ses fougueux cavaliers
Abattaient le Croissant, frappaient comme la foudre,
Enfonçaient, dissipaient, foulaient les rangs entiers.

(1) Défaite de l'insurrection polonaise, 1830-31.

Le Janissaire impur a mordu la poussière ;
L'étendard du Prophète a fui devant la Croix.
Arrière, Musulman ! envahisseur, arrière !
Tu nous a menacés pour la dernière fois (1) !

II.

Pourquoi ces souvenirs après nos funérailles?
Pourquoi? Mais écoutons! La rafale mugit;
Ou n'est-ce pas plutôt l'orage des batailles
Dont je commence à voir les éclairs dans ma nuit?

Noir sépulcre, ouvre-toi, laisse passer ma tête.
Non, non, ce ne sont point des indices trompeurs
Ces bruits que je connais, cette sourde tempête
Qui gronde dans d'épais tourbillons de vapeurs.

Salut aux Léopards de la libre Angleterre!
A toi surtout salut, ô fraternel drapeau!
Aurais-tu donc repris ton vol et ton tonnerre?
Portes-tu dans tes plis, pour nous, un sort nouveau?

Le Tsar, dans ses conseils, forgeait encor des chaînes.
L'Angleterre et la France, au jour réparateur,
Ont dans le sang du Russe éteint leurs vieilles haines,
Et fait entendre aussi le cri libérateur

(1) Victoire de Jean Sobieski sous les murs de Vienne.

Pour nous qu'on voit toujours pleurer toutes nos larmes
Sur les temps disparus, sur nos enfants proscrits.
Une main vengeresse a semé les alarmes
Parmi nos meurtriers condamnés et maudits.

Ta tour, Sébastopol, ta Malakoff géante
Sent la mort pénétrer dans ses flancs dévastés.
Son front s'est couronné d'horreur et d'épouvante :
Elle combat en vain; ses moments sont comptés.

Le Russe fuit, revient, fuit et revient sans cesse.
La défaite l'irrite. Inutiles élans !
Il perd les bastions où, dans sa folle ivresse,
Il croyait arrêter les flots toujours montants

Des assaillants hardis, renversant les barrières,
Franchissant les fossés, escaladant les forts,
Sur les rocs foudroyés arborant les bannières,
Phares d'indépendance élevés sur ces bords.

Tu ne gémiras plus vaincue et désarmée;
Kosciusko sourit à de meilleurs destins,
Son ombre te bénit, Pologne bien-aimée;
Tu reverras les jours où de tes palatins

Le sabre redouté protégeait la frontière
Et marquait la limite aux Tsars ambitieux.
Tu reverras bientôt, plus puissante et plus fière,
Avec la liberté la gloire des aïeux.

Mais quel sombre nuage a couvert l'étendue?
Je n'aperçois plus rien dans le lointain obscur.
Une insondable nuit, tout à coup descendue,
Maintenant devant moi se dresse comme un mur.

Ah! l'ombre se dissipe et je revois l'espace.
Que sont donc devenus les vaisseaux, les soldats?
Dans tout cet horizon que mon regard embrasse,
Ni voiles ni drapeaux! Où sont les camps, les mâts?

Ils sont partis! Ce rêve est plus cruel encore
Que le cruel tableau de nos derniers revers.
Hier, ils étaient là. L'étendard tricolore
Se déployait, vainqueur, sur ces rocs entr'ouverts.

Hier, le brave Anglais de ce Redan terrible
Abordait sans émoi les penchants ravinés;
J'admirais ce sang-froid, ce courage impassible
Opposant à la mort ses retours obstinés.

Frères de l'Occident, victorieuse armée,
La Pologne se meurt. Et pas un mot, hélas!
Un mot, un souvenir pour la pauvre opprimée.
Vos cœurs sont-ils fermés, ou les bras sont-ils las?

Qu'entends-je au loin?— Ami, l'heure n'est pas venue:
Il faut qu'elle ait sonné dans les desseins de Dieu.
Bonne espérance donc, à cette heure attendue,
La Pologne vivra... Nous reviendrons.... Adieu! »

Engagement sacré que l'écho de ces plages
A livré doucement à la brise des mers,
Que le vent a porté du fond de ces rivages
Aux tristes régions qui dorment dans leurs fers.

III.

Et pas un signe encor! c'est toujours le silence,
Toujours l'abattement en long habit de deuil!
On dirait que, plongée en sa douleur immense,
La Pologne elle-même a scellé son cercueil!

Horreur! dans nos foyers, demeures violées,
Les voix de nos tyrans se mêlent aux sanglots,
Aux douloureux accents des mères désolées
Qui ne voient que la mort, l'exil ou les cachots

Si leurs fils, leurs époux, abjurant la patrie,
Dociles instruments d'iniques volontés,
Ne font avec le Russe un pacte d'infamie,
Et n'entrent, renégats, dans des rangs détestés.

C'en est fait. Tout à coup une vive étincelle
Ranime ce grand corps dans son vaste tombeau,
C'est la Pologne, enfin; Dieu soit loué! c'est elle
Qui se lève et regarde en face le bourreau.

Où vont tous ces enfants? Quelle héroïque audace
Marche, poitrine nue, aux soldats étonnés?
Quelle foule se rue, ardente, et les enlace?
Les rapides élans, les bonds désordonnés

D'un peuple soulevé dans sa sainte colère
Ont troublé l'étranger. Il s'arrête un instant,
Il chancelle, il recule, il craint que cette terre
N'ait tremblé sous ses pieds dans un réveil puissant.

La cité reste seule, et la forêt natale
Des propices abris ouvre les profondeurs.
Les sentiers ignorés, mystérieux dédale,
Ont reçu dans leurs plis ces vaillants précurseurs

Qui d'abord isolés, sans chef et sans bannière,
Tantôt luttant, tantôt dissimulant leurs pas,
Courent dans les massifs organiser la guerre,
Hasards multipliés, guerre aux mille combats.

Bientôt ils sont partout. Mais les assauts étranges
De nos hardis faucheurs, chargeant les bataillons
Tout couronnés de feux, volcaniques phalanges,
Ces assauts redoublés sans mousquets, sans canons,

C'est superbe et navrant! A nous, Français, nos frères!
La Pologne est debout. Dans ses flancs déchirés
Le vautour moscovite enfonce encor ses serres.
Frères, entendez-vous ses cris désespérés?

IV.

Être libre ou la mort! — Mais, c'est la mort peut-être.
L'Occident indécis, immobile là-bas,
De ses cendres, je crois, voudrait la voir renaître.
Soucieux, il regarde, il attend l'arme au bras.

Et pourtant sur ton sein, ô terre du martyre!
Je vois tomber tes fils, tués et non vaincus.
Sans espoir, emportés par un noble délire,
Ils fondent au milieu des soldats éperdus,

Qui, refoulés, rompus par le choc formidable,
L'irrésistible choc de ceux qui vont mourir,
Nombreux, ont pu former un cercle impénétrable...
Et d'effroi, cependant, ils se sentent pâlir.

Ils ont peur de ces morts couchés dans la poussière.
Vingt contre un, ils ont peur des derniers combattants.
C'est que le Ciel a mis un rayon de lumière
Au front du sacrifice et des beaux dévoûments.

C'est lui qui met au cœur d'une indigne victoire
La honte et le remords d'un grand forfait heureux:
C'est lui dont la justice a décerné la gloire
Au patriote pur dont le sang généreux

Coula jusqu'au trépas, dans la lutte suprême,
Pour une cause, hélas! digne d'un meilleur sort.
C'est lui qui lancera l'éternel anathème
Qu'il réserva toujours au crime du plus fort.

Ainsi, quand succombaient aux champs de la Judée,
Trahis, enveloppés dans un piége odieux,
Les rares compagnons qui suivaient Macchabée;
Lorsqu'épuisé d'efforts, sanglant et glorieux,

Tombait, criblé de traits, le lion de Solyme,
Jetant aux airs le cri : Patrie et Liberté!
L'auréole, dit-on, ornait son front sublime,
Les siens, autour de lui, rayonnaient de clarté.

Et l'étranger surpris, en voyant ces visages
Présenter dans la mort un reflet surhumain,
Se plaignait à ses dieux des sinistres présages
Qui le faisaient douter même du lendemain.

Les tourmenteurs d'enfants, de vieillards et de femmes,
Proscripteurs sans pitié du deuil pieux, des pleurs,
Qui vont détruisant tout par le fer, par les flammes,
Sont calmes, gracieux dans toutes ces horreurs!

Les voyez-vous aussi, dans leurs sombres pensées,
Sous le fouet du Kalmouk, ces milliers de bannis
Se traîner, grelottants, vers les steppes glacées?
C'est qu'ils ont acclamé, défendu leur pays.

Des citoyens veillaient, délibéraient dans l'ombre,
Invisible pouvoir, mystérieux congrès.
On ne disait jamais ni leurs noms, ni leur nombre;
C'est de là que partaient les ordres, les décrets.

Gouvernement proscrit, chacun jouait sa tête;
Pilotes, au milieu des courants incertains,
Du vaisseau mal gréé, battu par la tempête,
Ils tenaient le timon de leurs vaillantes mains.

Quelques-uns ne sont plus: vienne un jour la vengance!
D'autres sont accourus... Encor la même loi.
Leur œuvre se revêt de secret, de silence,
La devise est toujours: *Persévérance et Foi!*

Non, tu ne mourras pas, ô Pologne chérie!
Tes destins sont écrits au livre des vivants.
Tout est fini, dit-on! et tu n'es qu'endormie;
Mais du dernier réveil Dieu seul connaît le temps.

Ce temps, j'ai cru le voir; ce n'était qu'une épreuve,
Une épreuve de plus.... quand on a tant souffert!
Allons! repose-toi dans tes voiles de veuve!
Je reprends le linceul..... le tombeau reste ouvert.

LES FANTOMES DE VENISE

Le bruit s'éteint, et la pauvre Venise
Dans le sommeil veut oublier ses maux.
Le long des mâts tombe la voile grise,
La sombre nuit verse tous ses pavots,
Quand, tout à coup, l'horizon noir foisonne
De pâles feux, de douteuses clartés.
Dans les béfrois l'heure funèbre sonne.
C'était minuit... Aux douze coups tintés,
Sur son granit le vieux Lion tressaille,
Il a rugi. Sa formidable voix
Frappe l'écho comme un cri de bataille;
Ce cri puissant a retenti trois fois.

Du bon saint Marc la grande basilique
S'éclaire alors d'un jour mystérieux:
Sur des gradins, un trône fantastique
Semblait attendre une ombre des aïeux.
La nef s'emplit de glorieux fantômes,
Doges, sénats, si justement vantés;
Illustres chefs, nobles et vaillants hommes,
De l'Ottoman ennemis redoutés.

Ils portaient haut ton pavillon, ô reine!
Sur d'autres bords tes marins valeureux,
Quand, dans l'éclat de ta beauté sereine,
Tu souriais à tes peuples heureux;
Lorsqu'au retour, dans tes fêtes guerrières,
Tout pavoisés de féeriques splendeurs,
Tes ports s'ouvraient à tes fortes galères,
Aux cris joyeux d'innombrables rameurs;
Lorsque, chargé des palmes du Bosphore,
Comme un guerrier vainqueur dans cent combats,
Roi de ces mers, le dogal Bucentaure
Se balançait, inclinant tous ses mâts
Pour saluer ta grandeur souveraine.

De tous les lieux où le mystique anneau
Scella jadis la loi vénitienne;
De tous les lieux où brilla le flambeau
Des arts féconds créés par ton génie;
De l'Hellespont, d'Athènes, de Patras,
Et de Samos, et de Chypre fleurie,
De Napoli, d'Épire où tu régnas,
Tes patriciens, tes soldats, tes pilotes,
Représentants, endormis dans la mort,
De tes conseils, de tes camps, de tes flottes,
Tous sont venus... Voilà ton livre d'or!

Quand dans tes mains le sort brisa ton sceptre,
Quand ta couronne eut perdu ses rayons,
L'Adriatique, où se mirait ton spectre,
Jetait sa plainte à tous les horizons.

Aussi, parfois, dans le vaste silence
Des flots calmés, de la terre et des airs,
Quand, suspendue à la coupole immense,
La blanche lune aux espaces déserts
Distribuait sa tremblante lumière,
Longtemps encor, solitaire débris,
Mirage éteint de ta grandeur première,
Aux vents des nuits abandonnant les plis
D'un pavillon autrefois redoutable,
La nef-fantôme a sillonné ces mers.

Le Teuton vint. Son joug intolérable
Pesa sur toi ; tu languis dans les fers.
Ton Pellico, douce et sainte mémoire,
Ton Pellico raconte avec des pleurs
De ses Prisons la lamentable histoire,
Et de tes Plombs révèle les douleurs.

Un jour d'espoir, deux enfants des Lagunes,
Les Bandiera, du sol napolitain
Sur un esquif envahissaient les dunes,
Jetant aux airs leurs voix comme un tocsin :
— Peuple, debout ! debout, terre asservie !
Sus au tyran ! voici votre drapeau ! »
La mort les prit, et la pauvre Italie
Pleura ses fils, et maudit le bourreau.

Et les champions de Venise éplorée,
Soldats du droit et de la liberté,
Héros martyrs d'une cause adorée,
Tous, pour briser un pouvoir détesté,

Morts dans les fers, ou tombés sous les balles,
Quand, l'arme au poing, déployant l'étendard,
Ils combattaient sur les rives natales,
Avec ce cri : — Guerre! guerre à César!

Au même instant, une ombre lumineuse,
Se dégageant d'un long manteau d'azur,
Sur le parvis glissait silencieuse,
Un rayon d'or à son front large et pur.
C'était Manin... Avec lui, dans l'enceinte,
A flots pressés, Toscans, Napolitains,
Les amis morts de la liberté sainte,
Romains, Génois, Lombards, Siciliens,
Sont accourus. Cette assemblée étrange,
Fantômes vains, cénacle des tombeaux,
Sous l'œil de Dieu se déroule et se range
En murmurant des chants nationaux.

La toile vit, et les vieilles statues,
Marbres sculptés, images des patrons,
Des piédestaux gravement descendues,
A ces refrains mêlent les oraisons.

Au clair signal que la trompette donne,
Dans tous les rangs d'abord inauguré,
Un étendard se penche vers le trône
Où se montrait, alors transfiguré,

Le Promoteur de la grande patrie.
Il veut parler. Sur les groupes confus
Sa main s'étend. Sa parole bénie
A dominé les chants interrompus.

« Gloire au Très-Haut! Vous, morts de tous les âges,
De tous les rangs, qu'un signe de grandeur
Avait marqués, les poëtes, les sages,
Vous qui rêviez de patrie et d'honneur,
Gloire au Très-Haut! et vive l'Italie!
L'heure a sonné, les temps vont s'accomplir.
La nation d'une nouvelle vie
S'anime, et, vers un splendide avenir
Les yeux fixés, tressaille d'allégresse.
Réjouis-toi, tes malheurs sont passés,
Venise, et vois le Teuton en détresse
Pleurer enfin sur ses forts renversés.

« Illustres morts, chantez vos chants de fêtes,
L'esprit nouveau souffle sur nos cités;
Le jour approche, et les palmes sont prêtes.
Gloire au Très-Haut! Illustres morts, chantez. »

Et tout à coup, sous la voûte sacrée,
Éclate en chœur un hymne solennel;
Le grand drapeau de la Régénérée
De ses longs plis vient ombrager l'autel;
Et les guidons, et les vieilles bannières,
Le vieux Lion jadis triomphateur,
Tous les drapeaux, jusqu'aux heures dernières,
Ont salué l'astre libérateur.

Bientôt après, quand de la basilique
L'aube déjà blanchissait les clochers,
A deux battants quand s'ouvrait le portique,
Des fonds obscurs et des mornes piliers,
Du sein de l'ombre où nageaient les statues,
Des voix sortaient, comme des sons lointains.
Et ces échos, ces notes inconnues,
De l'Italie annonçaient les destins.

FIN.

Paris.-Imp. PAUL DUPONT, 41, rue Jean-Jacques-Rousseau. (208.8.74)